1er trimestre 2023
ISBN 978-2-37355-833-3

DEMASIADO CRISTAL
PARA ESTA PIEDRA

TROP DE VERRE
POUR CETTE PIERRE

Rafael Soler

TROP DE VERRE POUR CETTE PIERRE

DEMASIADO CRISTAL PARA ESTA PIEDRA

Selección de poemas por Lucía Comba
Poèmes choisis par Lucía Comba,
traduits en français par Jean-Claude Rolland
et Daria Rolland-Pérez

Éditions Unicité
3, sente des Vignes
91530 Saint-Chéron

Los sitios interiores

He vuelto sobre mí, despacio,
con el firmísimo propósito de recorrer
la especie que me dieron, a solas
por el surco que va de mis espaldas a la frente
quiero decir
de la frente a mis espaldas, pues la recta
es la distancia más corta
entre dos puntos. (Contigo a un lado, prendida
de alfileres mientras mi barca
alumbra su luz a punto de la risa
y no es para reírse). He dicho
que más perdió el mar
por las enredaderas de septiembre
y sin embargo sigue, empecinado,
plantando su oleaje en brazos
que le aman. (Lo cual es inexacto
un juego de palabras
para sacar al mar de sus casillas
tan organizadas
mientras andamos al tiemblo de los astros
con la rosa de los vientos averiada
ya sabes
el círculo aquel de norte al norte
y sur donde el varano). He dicho
también
que días vendrán sin tanta lluvia
ni tanto desconsuelo
más a la manera que solía mi otra voz
cuando el pájaro
el río
y tu sandalia. (Aunque no llueve, y el río

Les lieux intérieurs

Je suis revenu sur moi-même, lentement,
avec le très ferme propos de parcourir
en solitaire l'espèce qui me fut donnée
en suivant le sillon qui va de mon dos au front
je veux dire
de mon front au dos, car la ligne droite
est le plus court chemin
d'un point à un autre. (Tu es à mon côté, fixée
avec des épingles tandis que ma barque
projette sa lumière ridicule
alors qu'il n'y a pas de quoi rire). J'ai dit
que la mer a perdu davantage
dans les vignes-vierges de septembre
et pourtant elle continue, obstinée,
à planter ses vagues dans des bras
qui l'aiment. (Ce qui est inexact,
c'est un jeu de mots
pour faire sortir la mer de ses cases
si bien agencées
pendant qu'avec une boussole détraquée
nous marchons au gré du frisson des astres
tu sais
ce cercle qui va du nord au nord
et au sud là où vit le varan). J'ai dit
aussi
que viendraient des jours moins pluvieux
moins tristes
je l'ai plutôt dit avec ma voix d'alors
quand il y avait l'oiseau
la rivière
et ta sandale. (Mais il ne pleut pas, et voilà bien mille ans

desbordó su alameda hace mil años
y no sé de sandalias ni conozco la huella
que dejan fugaces en mi nombre, primero
un paso y luego el viento las convoca
en otro continente).
He dicho fuego en las entrañas
y absolutamente falso que el fuego prenda
en las entrañas. (Una imagen, versazo
que escapa a mi control y vale,
pues son mis entrañas el único camino
la línea dura y breve que no termina nunca)

He dicho
que no quiero decirlo
aunque la noche insiste y tú sonríes
desde el fondo oscuro donde habitas
besando la roca repetida
fugaz
y mía.

(En *Los sitios interiores* 1980)

que les sentiers de rives sont inondés,
et j'ignore tout des sandales et de la trace
qu'elles laissent éphémères sur mon nom, d'abord un pas et
puis le vent les convoque
sur un autre continent).
J'ai dit feu dans les entrailles
c'est complètement faux : jamais un feu n'a pris
dans des entrailles. (C'est une image, un sacré vers
qui m'échappe et qui vaut ce qu'il vaut,
car mes entrailles sont le seul chemin,
la ligne dure et brève et sans fin)

J'ai dit
que je ne veux pas le dire
bien que la nuit insiste et que tu souris
du fond obscur où tu demeures
les lèvres collées à la roche
fugace
et mienne.

Embajada de invierno

Yo soy el mismo, pero más en ti,
a la manera de mayo y su cuchillo;
tenía yo esta voz que ahora funde sus acentos,
y esta frente alta
y el renacer de huesos
cuando hacía la ciudad
y te buscaba por andamios y estaciones,
era otro tiempo: teníamos la fuerza
que ejerce ese dominio regalado de vivir
mientras el cuerpo aguante
y no suba la fiebre demasiado, porque también;
teníamos – digo – la misma fuerza
del prado en la ventana,
del prado y la ventana,
del prado, que siempre estaba allí
haciendo verde el día para que un niño pisara
la merienda de las vacas
tan útiles al hombre y atadas al paisaje.

Y soy el mismo. Con la voz
Sin estrenar, y el pecho a dos palmos de la tierra
tuyo ahora como entonces;
y tengo
un largo historial de soledades
y una pluma vieja que espera todavía su poema
y un sombrero
y un trozo de papel que dice mayo, y estamos
en noviembre; tengo
el mismo frío mordiéndome los labios
y el redondo pulgar con que tapaba el beso
y la zancada
y mi estilo de hombre triste que sabe lo que quiere

Ambassade d'hiver

Je suis le même, mais plus en toi,
à la manière du mois de mai et de sa dague ;
j'avais cette voix qui mêle maintenant ses accents,
et ce haut front
et le regain des os.
Quand j'arpentais la ville à ta recherche,
sur les échafaudages et dans les gares,
c'était un autre temps : nous avions la force
que donne cette maîtrise de vivre offerte en cadeau
tant que le corps tient bon
et que la fièvre – ça arrive – ne monte pas trop ;
nous avions – dis-je – la même force
que la prairie dans la fenêtre,
que la prairie et la fenêtre,
que la prairie, fidèle à sa mission
de verdir le jour pour qu'un enfant puisse fouler
la collation des vaches
si utiles à l'homme, tellement unies au paysage.

Et je suis le même. Avec une voix
toute neuve, et la poitrine à deux empans du sol
je suis tien maintenant comme alors ;
et j'ai
une longue histoire de solitudes
et un vieux stylo qui attend encore son poème
et un chapeau
et un bout de papier qui dit mai, alors que nous
sommes en novembre ; je sens
le même froid me mordre les lèvres
et le pouce tout rond qui couvrait le baiser
et les grands pas
et mon genre d'homme triste qui sait ce qu'il veut

y mi duda
y mi solapa.

Así que soy el mismo. Pero más en ti
vistiendo de luto a las palomas cuando su vuelo
se hace insoportable
sentado como siempre en esta plaza nuestra
que no me reconoce
ni parece dispuesta a levantarse
para invocar tu nombre.

(En *Los sitios interiores* 1980)

et mon doute
et mon revers de costume.

Je suis donc le même. Mais plus en toi
habillant de deuil les colombes quand leur vol
devient insupportable
assis comme toujours sur un banc de cette place
notre place
qui ne me reconnait pas
et qui ne semble pas non plus disposée à se lever
pour invoquer ton nom.

Discurso del regreso a solas

Del tronco aquel, de mis caminos,
quedará un soplo de hiel,
viento del norte que llaman tramontana;
quedarán las voces olvidadas
la escueta sombra de mi higuera predilecta
pálida de soles
temblando de abandono su tronco amable y viejo
cuartel general de la merienda
y paz a los malditos
que osaron robarme los tebeos.

De aquella tarde
vestida de anguilas y de cañas
quedará
el leve trozo de un paisaje,
la charca que habitaba el caracol
hasta septiembre
plantado en su roca submarina
(y luego moría de sal y de tristumbre).

Del mero y su pupitre, del blanco revuelo
que ataba la trenza a tu vestido;
de frío, que nunca llegaba por las noches,
del alacrán temido, abominable;
del bañador (y era tu piel la que quería)
del beso tapado con la almohada
y dentro del bolsillo,
de aquel amor inmenso
quedará
esto que somos, lo que vuelve.

Discours du retour en solitaire

De ce tronc-là, de mes chemins,
il restera un souffle de fiel,
un vent du nord appelé tramontane ;
il restera les voix oubliées
l'ombre sommaire de mon figuier préféré
tout chenu de soleils
son vieux tronc aimable et tremblant de lassitude
quartier général à l'heure du goûter
et paix aux chenapans
qui osèrent me voler mes BD.

De ce jour-là
vêtu d'anguilles et de roseaux
il restera
un léger bout de paysage,
la flaque où résidait l'escargot
jusqu'en septembre
agrippé à sa roche sous-marine
(avant qu'il meure de sel et de vague à l'âme).

Du mérou et de son pupitre, du trouble innocent
qui reliait la tresse à ta robe ;
du froid, qui ne tombait jamais pendant la nuit,
du scorpion redouté, abominable ;
de ton maillot de bain (c'était ta peau que j'aimais)
du baiser à l'abri de l'oreiller
et dans la poche,
de cet immense amour
il restera
ce que nous sommes, ce qui revient.

Y sin embargo, *remember*:
el pájaro, las barcas,
tú,
princesa,
habitantes del mundo que he perdido
viviréis para siempre bajo llave
atentamente míos.

(En *Los sitios interiores* 1980)

Et cependant, *remember* :
l'oiseau, les barques,
toi,
princesse,
habitants du monde que j'ai perdu
vous vivrez à jamais sous clé
très fidèlement miens.

Canto a un grillo viejo y mío

Esta es la prisa por volver
encontrar tu cabellera haciendo siesta y tarde
tiempo para contar la hierba donde habitas;
¿a quién le importará la inmensa largura
de tu canto? ¿quién supo de ti
para alabarte?
                    estabas allí
en soledad sin estrenar
pendiente de la tarde que volvía
sumisa a tu corteza,
¿a quién le importará si sigues en la higuera
tristón
hecho unos zorros con la paciencia cubierta
de intemperies? ¿quién eres tú
para comprar ningún destino, ver al hombre que soy
aunque no puede?
                        traías a tu espalda
el corazón de agosto y la prueba de los nueves,
la lucha por hacer de cada avispa un cementerio
y el pez que reía en su escollera
– erre que erre –
sin acordarse nunca de nosotros.

Ahora tengo prisa. Y llevo dentro
un viejo cordel por si me sirve
la pluma y mi navaja para verte.
¿Quién dijo que habría otro verano, que
nunca nunca nunca seríamos mayores?
                                                tú
gruñón de soliloquios
guardas en las cañas lo que viene, esto que es,

Chant à mon vieux grillon à moi

Voici pourquoi je suis pressé de revenir
retrouver ta crinière en train de faire
du temps de la sieste et de l'après-midi
le bon moment pour raconter l'herbe où tu habites ;
à qui importe l'infinie longueur
de ton chant ? Qui t'a connu
qui puisse faire ton éloge ?
                                        Tu étais là
bien seul, immobile,
dans l'attente que l'après-midi revienne
se soumettre à ta carapace.
À qui importe que tu sois encore sur le figuier
tristounet
au bout du rouleau, la patience couverte d'intempéries ? qui
es-tu
pour acheter un destin, pour voir l'homme que je suis
même si c'est impossible ?
                              Tu portais en bandoulière
un cœur de mois d'août et la preuve par neuf,
la lutte pour faire de chaque guêpe un cimetière
et le poisson échoué qui riait
– coute que coute –
en se fichant de notre présence.

Maintenant je me dépêche. J'emporte en moi
un vieux bout de corde en cas de besoin
mon stylo et mon couteau pour aller te voir.
Qui a dit qu'il y aurait un autre été, que
jamais jamais jamais nous ne serions grands ?
                                             Toi
vieux grognon à soliloques
tu gardes dans les cannes ce qui vient, ce qui est,

y la lluvia mojando mi infancia desde abajo
para borrarla mejor y para siempre;
                                                            tú
filibustero
tramposo jugador aventajado
cantabas para mí un réquiem de leyendas,
picabas mi costado y luego, entre la rama perdida
de un tebeo, limpiabas tu llanto
de grillo prematuro: sabías como nadie
que era la muerte del Jabato,
mi última batalla cosida al calcetín.

Y ahora tengo prisa. Porque los grillos
entérate, sabelotodo,
se mueren despacito, entre dos años,
con su bastón de anís y su mochila.
Al sol, como querían.

(En *Los sitios interiores* 1980)

et la pluie mouillant mon enfance de bas en haut
pour mieux l'effacer et à jamais ;
toi
flibustier
tricheur imbattable joueur
tu chantais pour moi un requiem de légendes,
tu me piquais les flancs ; puis, entre les pages perdues d'une
BD, tu séchais tes larmes
de grillon prématuré : mieux que personne
tu savais
qu'on y parlait de la mort d'Ajax,
de ma dernière bataille cousue à la chaussette.

Et maintenant je me dépêche. Car les grillons,
apprends ça, Monsieur Je-sais-tout,
il leur faut deux ans pour mourir,
avec leur bâton d'anis et leur sac à dos.
Au soleil, comme ils l'ont souhaité.

Estructura del mar

¿Y quién dijo que allí
tumbado el horizonte por un piélago de nubes
el mar era otra cosa?
¿quién dijo que apenas una línea,
una quimera de salitre y aguardiente?

Atado por tiempo que son rocas,
cubierta su piel de húmedas estelas
el mar se aprisiona de recuerdos,
huye escandaloso por quicios diminutos
y brota
renacido
en la quilla azul de un navegante
y en la voz airada del poeta
que busca en las velas su consuelo;
y allí
con un tráfico de sal inspiración y desafío
el mar regresa a sus orígenes
se vuelve escollera
barlovento
tramontana
sacude su espuma solitaria y
– y sombra de abismo cauteloso –
convoca la marea
atusa el oleaje
se pierde con mimo de novicia
entre las barcas.

¿Quién dijo que el agua prevalece
que voces submarinas se quiebran
a su paso?
El mar es una esfinge

Structure de la mer

Et qui a dit que là-bas
l'horizon gisant sous une chape de nuages
la mer était autre chose ?
Qui a dit qu'à peine une ligne,
une chimère de salpêtre et d'eau de vie ?

Attachée par ce temps qu'est la roche,
la peau couverte de traînées humides
la mer s'emprisonne de souvenirs,
fuit bruyamment par des fentes minuscules
et jaillit
renaissante
sur la quille bleue d'un marin
et dans la voix furieuse du poète
qui cherche sa consolation dans les voiles ;
et là-bas
en un trafic de sel, inspiration et défi
la mer retourne à ses origines
redevient nid d'écueils
galerne
tramontane
elle secoue son écume solitaire et
– ombre d'un prudent abîme –
elle convoque la marée
coiffe et lisse les vagues
et se perd avec des délicatesses de novice
entre les barques.

Qui a dit que l'eau prévaut ?
Que des voix sous-marines se brisent
sur son passage ?
La mer est un sphinx

un lit de roses
qui attend patiemment son destin
(un enfant demande comment elle s'appelle,
un phare clignote et revêt sa pupille de mouettes,
l'air se renouvelle
le vent s'accroit
et comme toujours la mer passe outre).

Qui a dit qu'elle ne frappe jamais la mémoire ?
Qu'elle ressuscite avec joie si tu l'invites ?
La mer est un pacte avec les dieux,
un temps perché
opiniâtre
qui sans remède assole ma lagune.

un tálamo de rosas
que aguarda paciente su destino
(un niño pregunta por su nombre,
un faro parpadea y viste su pupila de gaviotas,
el aire se renueva
el viento crece
la mar pasa de largo como siempre).

¿Quién dijo que nunca golpea la memoria
que alegre resucita si lo llamas?
El mar es un pacto con los dioses,
un tiempo encaramado
pertinaz
que asola sin remedio mi laguna.

(En *Los sitios interiores* 1980)

Un poco más de ella

Inventa un ángel y cédele tu asiento
a la hora del Martini y de las prisas
en esta plaza con más bancos que palomas

busca luego un nombre adecuado a tu impostura
y escáncialo con devoción sobre su pelo
evitando una caricia que rompa el sortilegio

disfruta así el instante que brinda tu osadía
y no obras el periódico ni consultes el reloj
dos hábitos tristes y fuera de lugar
ante un escote de alas blancas que te observa
con la atención de quien afila un lápiz
y cortés alza las cejas cuando al fin se descruza
con esa lentitud que solo tienen ellas

quizá se llame Lola tiene un lunar una bufanda
y no volverás a verla nunca.

(En *Maneras de volver* 2009)

Un peu plus d'elle

Invente un ange et cède-lui ta place
à l'heure de pointe et du Martini
sur ce square plus riche en bancs qu'en pigeons

puis cherche un nom adapté à ton imposture
et verse-le avec dévotion sur ses cheveux
en évitant toute caresse qui romprait le sortilège

jouis ainsi de l'instant que t'offre ton audace
n'ouvre pas ton journal ne regarde pas ta montre
deux manies tristes et déplacées
face à un décolleté d'ailes blanches qui t'observe
avec l'attention de qui taille un crayon
et hausse courtoisement les sourcils
quand enfin elle décroise les jambes
avec cette lenteur dont elles ont le secret

peut-être qu'elle s'appelle Lola elle a un grain de beauté
une écharpe
et jamais tu ne la reverras.

LVIII

Yo no traje los acantilados
a este páramo de sangre

ni forjé las noches de tormenta que me dices
ni puse viento
en la acerada mies de tus entrañas

yo no elegí ser el primero en navegarte
y surcar tu cuerpo cada noche como un río
bebiendo amaneceres que no me pertenecen

yo no subí las cimas coronadas de tu cuerpo
ni bajé a sus profundidades

yo no busqué la deriva de tu sueño
ni tengo cien años para darte

yo estaba en mi camino
sentado con la tarde
y tú pasaste.

(En *Maneras de volver* 2009)

LVIII

Ce n'est pas moi qui ai tiré les falaises
jusqu'à ce désert de sang

ni forgé les nuits d'orage dont tu me parles
ni introduit le vent
dans les blés acérés de tes entrailles

ce n'est pas moi qui ai choisi
d'être le premier à naviguer sur ton corps
à le sillonner nuit après nuit comme un fleuve
en buvant des aubes qui ne m'appartiennent pas

ni moi qui ai gravi
les cimes couronnées de ton corps
ni exploré ses profondeurs

ni moi qui ai cherché
la dérive de ton sommeil
je n'ai pas cent ans à t'offrir

j'étais simplement assis au bord du chemin
en compagnie du soir
et tu es passée.

Conste en acta

A quien corresponda lego mi petaca
mi manual para perder al póker
y los zapatos que compré en París
y que todos los viernes me abandonan

a mis deudos
el cortés beneficio del olvido
a Lucas otra ronda
al notario que hizo acta y mantel
de mi inocencia
el curso de alemán de tapas verdes
y contenido inescrutable

a la Bolsa disculpas
a mi orilla los pies que necesite
para aliviar el luto

consuelo a mi butaca
y el nombre que no puse
al río que nació conmigo

lego mi tos y mi dieta
al primero que aparezca

y a mis tres hijos la lluvia

para que crucen indemnes el otoño
y sus besos de agua
repentinos
limpien de tristeza
la frente de los cuatro.

(En *Maneras de volver* 2009)

Que cela soit acté

À qui de droit je lègue ma tabatière
mon manuel pour apprendre à perdre au poker
et ces chaussures achetées à Paris
qui chaque vendredi m'abandonnent

à mes proches
le courtois bénéfice de l'oubli
à Lucas une autre tournée
au notaire qui a fait acte et festin
de mon innocence
le cours d'allemand à la couverture verte
et au contenu insondable

à la Bourse des excuses
à ma plage les pieds dont elle aura besoin
pour alléger son deuil

de la consolation à mon fauteuil
et le nom que je n'ai pas donné
au fleuve qui est né avec moi

au premier venu je lègue
ma toux et mon régime

et à mes trois enfants la pluie

pour qu'ils sortent indemnes d'un automne
dont les baisers d'averses
furtifs
devront nettoyer de tristesse
chacun des quatre fronts.

No se detiene la memoria

De ocasiones perdidas los bolsillos llenos
a componer tu hacienda vienes
con la calma suicida del que tiene
un pacto de honor con su verdugo

las manos por el tiempo de escarcha tatuadas
en blanco tu cuaderno donde anotabas todo
curtido el corazón en la intemperie

y sabes
que la vuelta a cuanto fue es imposible
que ahora la lluvia se viste de ceniza

y que el bastón de mando
antaño bienvenido
es hoy el palo con que ahuyentas
a los gatos que tus entrañas crían

monarca de lo poco
y señor de lo que queda en nada.

(En *Maneras de volver* 2009)

La mémoire ne s'arrête pas

Les poches pleines d'occasions perdues
tu viens faire l'inventaire de tes biens
avec le calme suicidaire du condamné
qui a un pacte d'honneur avec son bourreau

les mains tatouées de givre par le temps
blanches les pages de ce carnet où tu consignais tout
le cœur tanné par les intempéries

et tu sais
que revenir à ce qui fut est impossible
que désormais la pluie se vêt de cendres

et que le sceptre autrefois bienvenu
est aujourd'hui le bâton qui te sert à mettre en fuite
les chats engendrés par tes entrailles

monarque du peu
et seigneur du moins que rien.

Entre mis sábanas de piedra no te espero

Hubiera preferido un final con manteles
desplegados

Fellini por ejemplo y un río haciendo de frontera

por pedir y poco pido
que un golpe de viento me derribara un hombro
y caer al fin honestamente al encuentro
de la tierra feraz
entero el labio y haciendo las hormigas comisura

un fin como se ve
de los que bien merecen
una historia contada al salir entre murmullos

el cuello del abrigo levantado las butacas tibias
cada pie al encuentro de su lunes

y John Fitzgerald Kennedy
la voz de Marilyn en blanco y negro.

(En *Maneras de volver* 2009)

Entre mes draps de pierre je ne t'attends pas

J'aurais préféré un final avec des nappes déployées

Fellini par exemple et un fleuve faisant frontière

tout ce que je demande et c'est peu
c'est qu'une rafale de vent me brise une épaule
et qu'à la fin je tombe honnêtement à la rencontre
de la terre fertile
la lèvre intègre et les fourmis faisant commissure

une fin comme on en voit
pour ceux qui ont bien mérité
une histoire racontée en partant entre murmures

le col du manteau relevé les fauteuils tièdes
chaque pied à la rencontre de son lundi

et John Fitzgerald Kennedy
la voix de Marilyn en noir et blanc.

Ensayo general con vestuario

Un escenario extravagante y ruidoso
tan cerca del mar que todos los erizos
quepan en un palco

un escenario en todo caso
con seis batas rodeando una camilla
un cenicero pletórico de culpas
y un adverso buscando a su contrario

un escenario pues en consonancia
con la vida de estreno que hoy acaba

en el centro

una ausencia clamorosa
un presente y su mirada ausente
un extraño de paso emocionado

un pantalón vacío y una blusa con historia

un monje si procede
un suspiro en busca de su luto
todas las lágrimas que dicen ser pacientes

y la palabra perdón en voz bien baja
resonando en el patio de butacas.

(En *Las cartas que debía* 2011)

Répétition générale en costume de scène

Une scène extravagante et tapageuse

assez près de la mer pour que tous les oursins
puissent tenir dans une loge

une scène en tout cas
avec six blouses blanches autour d'une civière
un cendrier avec sa pléthore de péchés
et un opposé recherchant son contraire

une scène donc en consonance
avec la vie avant-première qui finit aujourd'hui

au centre

une absence criante
un présent et son regard absent
un étranger de passage bouleversé

un pantalon vide et une blouse de légende

éventuellement un moine
un soupir à la recherche de son deuil
toutes les larmes qui disent être patientes

et le mot pardon à voix bien basse
résonnant dans les fauteuils d'orchestre.

Para un acto final sin veredicto

Oscuro

ruido de cucharas y de ancianos
las primeras a lo suyo
los segundos a por ellas

en la mesa un solo plato
una raspa de salud a compartir
y un retrete vespertino

ruido de cucharas que golpean
y ancianos que pelean

un neón que pide calma
y apagón definitivo.

(En *Las cartas que debía* 2011)

Pour un dernier acte sans verdict

Sombre

bruit de cuillers et de vieillards
les premières à leur affaire
les seconds à leur recherche

sur la table une seule assiette
une arête de santé à partager
et des toilettes vespérales

bruits de cuillers qui s'entrechoquent
et vieillards qui se battent

un néon qui appelle au calme
et une définitive extinction des feux.

Todo cuanto llaman nostalgia compartida

Un collar de perlas
para anudar tu cuello con el mío

un lunar a lo Casilda un poco más abajo

una nalga hidráulica que todo lo permita
colmando inexpresiva mi apetito

una media celeste
un pezón al que no asuste su abandono

y una falda trágica
izada a más de más de lo más alto.

(En *Las cartas que debía* 2011)

Tout ce qu'on appelle nostalgie partagée

Un collier de perles
pour nouer ton cou au mien

un grain de beauté à la Casilda un peu plus bas

une permissive hanche hydraulique
comblant mon appétit sans broncher

un bas céleste
un téton n'ayant crainte de s'abandonner

et une jupe tragique
retroussée aussi haut que possible.

Cuando tu única certeza es el insomnio

Sé fugaz
y coge entre tus manos cuanto estalla
para efímero buscar
de la primera noche el último rescoldo
dejando para otros la fortaleza insigne
la rotunda vejez interminable
el hábito de amar a las renuncias

y en plenitud porfía

luciendo con orgullo cada herida
pues siempre vivir te costará la vida.

(En *Las cartas que debía* 2011)

Lorsque ta seule certitude est l'insomnie

Sois fugace
et attrape tout ce qui éclate
pour chercher en éphémère
la dernière braise de la première nuit
laissant à d'autres la force insigne
l'interminable et péremptoire vieillesse
la manie d'aimer les renoncements

et recherche la plénitude à tout prix

en exhibant fièrement chaque blessure
car il t'en coutera toujours la vie de vivre.

Elogio de un tajo en nuestro cuello

La tristeza es un don malentendido
un mariscal a cuya voz famélicos se alzan
los puños que enarbolan un sudario piadoso
para el sueño de ayer hasta mañana

la tristeza es un charco a cuya orilla llegan
en busca de consuelo los suspiros
y aquel silencio oscuro que habitó entre nosotros

la tristeza mide exactamente lo que mide
del suelo a las ausencias bien plantada

y pesa los domingos la mitad.

(En *Las cartas que debía* 2011)

Éloge d’une entaille sur notre cou

La tristesse est un don mal compris
un maréchal dont la voix fait se lever
des poings faméliques arborant un pieux suaire
pour le rêve d’hier à demain

la tristesse est une flaque dont la rive accueille
les soupirs en quête de consolation
et cet obscur silence qui habita parmi nous

la tristesse mesure exactement ce qu’elle mesure
bien ancrée du sol aux absences

et son poids diminue de moitié le dimanche.

Para que nadie olvide el tamaño de su miedo

En un sueño caben todas las palabras
que nunca pronunciaste
y el decoro de haberlas olvidado
cuando se hizo la luz

niño crucial
mujer al son de todas
joven almado con estatura suficiente
hombre que nace en su coyunda fértil
dispuestos a vestir la carne que les llama

pues todo empieza ahora

en la axila un trueno
en la boca cien semillas precintadas
en la espalda liviano el peso de su nombre

y abajo
zurcido el pantalón
junto a la pelvis anhelante
alzado en su escote el pregón de las discordias

un fruto escondido
una espina crucial enarbolada
un testimonio accidental definitivo

tú a la espera
atónito de hombros
todavía inguinal superlativo
en el caldo nutricio que te acoge

pues todo empieza ahora

Afin que nul n'oublie combien grande est sa peur

Un seul rêve contient tous les mots
que tu n'as jamais prononcés
et la décence de les avoir oubliés
lorsque la lumière fut.

enfant crucial
femme à l'unisson de toutes
jeune doté d'un cœur et d'une stature suffisante
homme naissant dans son union fertile
prêts à revêtir la chair qui les appelle

car tout commence maintenant

dans l'aisselle un coup de tonnerre
dans la bouche cent semences scellées
sur le dos le léger poids de son nom

et plus bas
le pantalon recousu
près du désirant pelvis
l'annonce des discordes brandie sur sa poitrine

un fruit caché
une épine cruciale arborée
un témoignage accidentel définitif

toi tu attends
les épaules hébétées
encore inguinal superlatif
dans le jus nourricier qui t'accueille

car tout commence maintenant

aunque lejos resuene indiferente una carcajada
al comprender que apenas fuiste
un liviano envase desechable
burbuja que por brillar estalla

una costura
en la arpillera universal del frío.

(En *Ácido almíbar* 2014)

bien qu'un éclat de rire résonne au loin indifférent
en comprenant que tu auras tout juste été
un humble emballage jetable
une bulle qui brille et aussitôt éclate

un point de suture
sur l'universelle guenille du froid.

¡Lávate las manos!

Atento a sus cachorros numerados
padre hablaba de lacónicos sucesos

la caída del dólar por ejemplo
y el enigma pendiente de la luna de Mercurio
más alta que nosotros en su tristeza crónica

escanciando con vino y gaseosa
noticias prescindibles
apocalípticos desmanes de la fiebre
la aflicción que causa siempre lo perdido

escuchaba el reloj con su campana
escuchaba madre en la sopera
escuchaba el hule bajo el lino

a tenedor alzado
enumeraba las bondades del potasio
el pasado sustantivo de las truchas
los cinco punto cardinales que nacían en el sur

y su papada arzobispal
su labio de acero clausurado
marcaban para todos la distancia

camaradas de andén
pintábamos entonces de vainilla
la pregunta que nunca hicimos entre todos
por si acaso

discutía el reloj con su campana
suspiraba madre en la sopera
nuestra voz bien tapada con el hule bajo el lino.

(En *Ácido almíbar* 2014)

Lave-t'en les mains !

S'adressant à ses rejetons successifs
Père parlait d'événements laconiques

de la chute du dollar par exemple
ou de l'énigmatique lune de Mercure
portant plus haut que nous sa tristesse chronique

versant avec du vin coupé de limonade
des nouvelles dont nous aurions pu nous passer
des apocalyptiques excès de la fièvre
l'affliction que produit toujours ce qui n'est plus

l'horloge avec son carillon écoutait
Mère penchée sur sa soupière écoutait
la toile cirée sous la nappe écoutait

en brandissant sa fourchette
il énumérait les bienfaits du potassium
le substantif passé des truites
ou les cinq points cardinaux naissant au Sud

son double menton d'archevêque
et sa lèvre d'acier scellée
marquaient pour tous la distance

camarades de quai
nous colorions alors de vanille
la question qu'aucun de nous n'a jamais posée
notre voix bien couverte par la toile cirée et la nappe.

Prohibido correr por el pasillo

Abuelo bebía a sorbos lentos
aguachirle de coñac y manzanilla
un caldo raro para un pueblo sin ventanas

y recién amanecido amanecía
de moscatel vestido con una chispa encima

cordial y entrometido
jugaba como un dandy al dominó
blasfemaba cuando el viento fumaba su tabaco

sabía de putas y de erizos
y jamás se dejaba acompañar en los domingos

un verano se clavó un anzuelo
en otro le clavaron un desplante
y el tercero lo pasó desprovisto tiritando

en legítima defensa de padre no me acuerdo

pero tenía boca y dedos
sopló los noventa con sus velas
y dicen que amaba en la distancia a su manera

un verano me clavó un anzuelo
otro le clavé un desplante

y el resto lo pasamos dicho queda
solitarios enfrentados tiritando.

(En *Ácido almíbar* 2014)

Il est interdit de courir dans le couloir

Grand-père buvotait lentement sa bibine
mixture de cognac et de manzanilla
étrange boisson pour un peuple sans fenêtres

le jour à peine levé lui se levait
vêtu de moscatel et coiffé d'un pompon

cordial et se mêlant de tout
il jouait aux dominos comme un gandin
et blasphémait quand le vent fumait son tabac

il s'y connaissait en putains et hérissons
et refusait qu'on l'accompagne le dimanche

un été il se piqua avec un crochet
on le piqua l'été suivant d'une insolence
et le troisième il le passa fauché et frissonnant

en légitime défense de Père je ne me souviens plus

mais il avait une bouche et des doigts
il souffla ses quatre-vingt-dix bougies
on dit qu'à sa manière il aimait à distance

un été il me piqua avec un crochet
je le piquai l'été suivant d'une insolence

et nous avons passé les autres disons-le
solitaires fâchés et frissonnants.

Donde de nuevo nace todo

Hay labios que no navegan nunca
y hacen del beso su frustración primera

labios tardíos de algas coronados
con la conciencia limpia para surcar el hielo
echando a los amantes por la borda

y hay labios de universal dominio y pleitesía
labios tijera así desdén para otras bocas
que hacen del carmín un estandarte

labios caimán
que besando culminan una historia
y por besados recuperan su decir bibliotecario

labios vudú amor como los tuyos
enteramente ciegos
de muda voz y mano laxa
para abolir al teutón que llevo dentro.

(En *Ácido almíbar* 2014)

Là où tout renaît

Il y a des lèvres qui jamais ne naviguent
et qui font du baiser leur frustration première

des lèvres tardives couronnées d'algues
avec la conscience nette pour sillonner la glace
en ayant jeté par-dessus bord les amants

des lèvres d'universelle domination soumission
des lèvres ciseaux ainsi fermées à d'autres bouches
qui font du rouge à lèvres un fanion

des lèvres caïman
dont le baiser donné conclut une histoire
dont le baiser reçu restaure leur dire bibliothécaire

des lèvres amour vaudou comme les tiennes
complètement aveugles
de voix muette et de main lâche
pour abolir le Teuton qu'il y a en moi.

Guía para un lector necesitado

Como al descuido avance
hasta el verso noveno donde dice

final feroz del que se marcha mudo

sin preguntar por qué pues no conoce
su íntimo motivo

y acaba de llegar a este poema
que ahora es todo suyo
cuando lea

final feroz del que se marcha mudo

usted no sabe todavía
el nombre y la estatura del sujeto
la última razón de su desplante

intuye un eclipse indeseado

y se pregunta qué esconde la palabra feroz
feroz precisamente
precisamente mudo

resista

no aparte los ojos
ni busque consuelo en el tabaco
ni evoque temerario
un rostro difuso en su memoria

este poema es solo suyo

Guide pour un lecteur qui en aurait besoin

Distraitement semble-t-il vous arrivez
au neuvième vers où il est dit

final féroce de qui part sans rien dire

sans demander pourquoi car vous en ignorez
l'intime motivation

et vous tombez sur ce poème
qui est maintenant tout à vous
et vous lisez

final féroce de qui part sans rien dire

vous ignorez encore
le nom et la stature du sujet
l'ultime raison de son insolence

vous pensez à une éclipse non souhaitée

et vous vous demandez ce que cache le mot féroce
féroce précisément
précisément muet

résistez

ne détournez pas le regard
ne cherchez pas un réconfort dans le tabac
gardez-vous d'évoquer
un visage diffus dans votre mémoire

ce poème n'est qu'à vous

y nunca hablará se lo prometo
de quién tanto le amó y poco tuvo
hasta marcharse un día
desprovisto de usted
feroz

y mudo.

(En *Ácido almíbar* 2014)

et c'est promis jamais il ne parlera
de celui qui vous aima tant et qui reçut si peu
il a fini par s'en aller un jour
privé de vous
féroce

et muet.

La falsa pulcritud de los escombros

De espalda a la pared
los locos crónicos son de natural pacífico
y muy conversadores

cargan con difusa dignidad a su difunto
que conocen bien
supervivientes póstumos del otro que fueron una vez
ilustres académicos de número
bailarinas eméritas
altos magistrados padres de la patria

un loco crónico
alza sus brazos para llamar al sol
y aunque viva perseguido de invisibles amenazas
enquistado tenaz en su rutina
puede sorprenderte con un don inesperado
multiplicar digamos mil quinientos doce
por tu matrícula de coche
y salir indemne del empeño
aunque lleve en el bolsillo una pinza de colgar

hay más categorías

tristes paranoicos
esquizofrénicos agudos
que cierran los ojos para que no les vean
histéricas con un destornillador entre los dientes

y luego estoy yo
tu bailarina emérita
de mantis religiosa en el altar vestida

La fausse propreté des débris

Le dos au mur
les fous chroniques sont d'un naturel pacifique
et très bavards

ils chargent de diffuse dignité leur défunt
qu'ils connaissent bien
les survivants posthumes de cet autre qu'ils furent jadis
d'illustres académiciens à fauteuil attitré
des danseuses émérites
et de hauts magistrats pères de la patrie

un fou chronique
lève les bras au ciel invoquant le soleil
bien que poursuivi par d'invisibles menaces
et obstinément enkysté dans sa routine
il peut te surprendre d'un don inespéré
il peut multiplier disons mille-cinq-cent-douze
par le numéro matricule de ta voiture
et sortir indemne de l'affaire
tout en ayant une pince à linge dans la poche

il y a encore d'autres catégories

des paranoïaques tristes
des schizophrènes aigus
qui ferment les yeux pour ne pas être vus
des hystériques avec un tournevis entre les dents

et puis il y a moi
ta danseuse émérite
en costume de mante religieuse sur l'autel

y luego estás tú
a la pared pegado
mientras llega el enlace nupcial de la saliva.

(En *No eres nadie hasta que te disparan* 2016)

et puis il y a toi
collé au mur
tandis qu'arrive le lien nuptial de la salive.

Vencida en ti me reconozco

Recuerdo los alfanjes canela de tus manos
allí donde el talle era primero

acuérdate
traías ceñido el cinturón presta la boca
y escueto prometiste faltar a tus promesas

acuérdate
cinco de agosto
los ojos de un cangrejo vigilando
el ancho mar de Rilke

por recordar recuerdo
las nueve estrellas lácteas
el día en que bailaron
desnudas conmigo entre las cañas

y te recuerdo hermoso
por limpio la escalera de tus dientes
por ancho tú como un tanzano antiguo

y me recuerdo hermosa
y me recuerdo hermosa

recuérdame te pido qué pasó luego
si por luego entendemos nuestro ahora.

(En *No eres nadie hasta que te disparan* 2016)

Vaincue je me reconnais en toi

Je me rappelle les sabres cannelle de tes mains
là où la taille était première

souviens-toi
tu portais ceinture serrée et bouche prête
en deux mots tu promis d'oublier tes promesses

souviens-toi
cinq août
les yeux d'un crabe surveillant
la large mer de Rilke

moi je me souviens
des neuf étoiles lactées
du jour où elles ont dansé
nues avec moi parmi les roseaux

et je me souviens de toi beau
par la nette rangée de tes dents
par ta carrure de vieux Tanzanien

et je me souviens de moi belle
et je me souviens de moi belle

rappelle-moi je t'en prie ce qui s'est passé ensuite
si par ensuite nous voulons dire notre présent.

Con el abrigo puesto

Todo acabó un martes a las diez de la mañana
limpio el pantalón de rayas diplomáticas
y una bufanda señorial por entrecejo

algo intuí al divisar su caperuza
y corto de reflejos no quise preguntar
por ese atuendo de matón extravagante

pocos calzan guantes sepia para servir el postre
pocos llevan en su lista de la compra
un nombre como el mío

a tocante cañón sonó el disparo
y por verte llegar caí despacio

tomaron fotos
precintaron de seda la vivienda
un adjunto despachó el lance con tres notas

de tiza mi contorno en la moqueta
de luto los títulos de crédito

de estreno tú
mi muy querida ausente viuda negra.

(En *No eres nadie hasta que te disparan* 2016)

En manteau

Tout prit fin un mardi à dix heures du matin
net le pantalon à rayures diplomatiques
et une écharpe patricienne pour l'esbroufe

j'eus comme une intuition en voyant sa capuche
mais manquai du réflexe de demander
la raison de cette extravagante tenue de voyou

on sert rarement le dessert en gants sépia
on a rarement dans sa liste d'achats
un nom comme le mien

le coup partit à bout portant
je tombai lentement pour te voir arriver

on prit des photos
on scella de soie l'appartement
un adjoint résuma l'affaire en quelques lignes

ma silhouette à la craie sur la moquette
en deuil les titres de crédit

toi dans un nouveau rôle
ma très chère absente veuve noire.

Uno sabe cuándo llega su momento

Hay autopsias que empiezan bien muy bien
o regular

pero todas terminan con hilos de sutura
y lo mejor del candidato
flotando en un frasco de formol

por acortar la mía
de un tajo rebanaron esa víscera incompleta
que va del corazón a la corbata
antes del postre

no grité cuando el chirriante prosector
continuó su tarea cavernaria
y así las cosas me dejé llevar

bastante tienen ellos
trabajando a la hora del partido

bastante tú
novia de un día

volver a casa dormir vestida
y con gesto profiláctico
besar de nuestro amor la calavera.

(En *No eres nadie hasta que te disparan* 2016)

On sait quand son heure arrive

Il y a des autopsies qui commencent bien
très bien
ou moyennement

mais elles finissent toutes par des sutures
et les meilleurs morceaux du candidat
immergés dans un bocal de formol

pour abréger la mienne
on trancha d'un seul coup ce viscère incomplet
qui va du cœur à la cravate
avant le dessert

je n'ai pas crié quand en grinçant des dents
le prosecteur a poursuivi sa tâche cavernaire
et comme ça je me suis laissé faire

c'est déjà beaucoup leur demander
de travailler à l'heure du match

beaucoup de te demander à toi
mariée d'un jour

de rentrer dormir tout habillée
et dans un geste prophylactique
de baiser la tête de mort de notre amour.

El viaje es lo que importa

Vamos al Sena decidiste
sin apretar la boca

y yo acepté
pues siempre fuimos dos y somos uno

de camino
un antipático taxista
nos dio la noticia en pésimo francés

flotando indiferentes a la lluvia
dos jóvenes de edades parecidas a las nuestras
alcanzaban la rive gauche de madrugada

ella lucía el collar que te compré
en el duty free del aeropuerto
y pálido también en su abandono
él llevaba mis zapatos de tafilete oscuro

todo callaron cuando un bombero anónimo
encomendó sus cuerpos
con la urgencia eficaz del funcionario

ahogados de la mano
ajenos al desvarío azul de las sirenas
nuestros labios compartían un único deseo
que nadie supo descifrar

pero esa es otra historia
que segó mi descuido y tu pistola.

(En *No eres nadie hasta que te disparan* 2016)

Ce qui compte c’est le voyage

Tu décidas *Allons jusqu’à la Seine*
sans serrer les dents

et j’ai accepté
car nous avons toujours été deux et nous sommes un

en chemin
un antipathique chauffeur de taxi
nous en informa dans son pire français

flottant indifférents à la pluie
deux jeunes gens d’à peu près notre âge
s’approchaient de bon matin de la rive gauche

elle portait le collier que je t’avais acheté
à la boutique duty free de l’aéroport
et lui tout aussi pâle dans son abandon
portait mes chaussures noires en maroquin

tous se turent quand un pompier anonyme
prit en charge leurs corps
avec l’efficace promptitude du fonctionnaire

noyées se tenant par la main
étrangères à la folie bleue des sirènes
nos lèvres partageaient un seul et unique désir
que personne ne sut déchiffrer

mais cela est une autre histoire
qui fut fauchée par ma négligence et ton arme.

Asomado a un instante que no es tuyo

Y qué buscas tú pelma insolente
hablándonos de aquel que conociste
y era alto de nómina
en sus aciertos transitorio
en su corta victoria diez derrotas

dónde crees que vas
traducido tu pasmo a seis idiomas
hastiado el corazón

dónde
ingenuo predador de los tinteros
encontrarás tasada voz metro fonema

cómo buscar
el cauce que cuida tus harapos
y palpita insolente porque ama

cómo perder
por una piel de antes
la misma piel de siempre

por un regocijo
este semblante roedor de prohibiciones
en el negocio abominable de los versos

mintió quien te decía
que una laringe narradora
hace corto el luto y amable la memoria

mentirá el cielo en su estupor
mentirán los pechos resonantes
mentirán las dulces ligaduras

Penché sur un instant qui ne t'appartient pas

Et que cherches-tu donc insolent casse-pieds
en nous parlant de celui que tu connus
avec un salaire élevé
transitoire dans ses réussites
et comptant dix déroutes pour une brève victoire

où crois-tu donc aller
avec ton spasme traduit en six langues
et le cœur fatigué

où donc ingénu prédateur d'encriers
trouveras-tu estimés à leur juste valeur
mots mètres et phonèmes

comment chercher
la voie qui prend grand soin de tes guenilles
et palpite insolente parce qu'elle aime

comment perdre
pour une peau d'avant
la même peau de toujours

pour un moment de joie
ce visage rongeur d'interdits
dans l'abominable négoce des vers

il mentait celui qui te disait
qu'un larynx narrateur
rend le deuil plus bref et la mémoire aimable

il mentira le ciel dans sa stupeur
elles mentiront les poitrines résonnantes
elles mentiront les douces liaisons

y esa tristeza de la ropa

pero es preciso indagar
es preciso indagar

solo así da su fruto
el vientre estéril de lo eterno.

(En *No eres nadie hasta que te disparan* 2016)

et quelle tristesse que ces vêtements

il faut pourtant creuser
il faut creuser

seulement ainsi porte ses fruits
le ventre stérile de l'éternel.

Una mujer se observa cautelosa en el espejo
agoniza un anciano de espaldas a su banco
busca el poeta las sílabas precisas

busca el poeta las sílabas precisas
comienza a nevar y son las doce

comienza a nevar

suspira una mujer y son las doce
calla una mujer cuando repite
ahora soy la que dijeron

agoniza el alto mariscal del abandono
calla en su banco cuando dice
no fui el que pidieron

busca el poeta detrás de las cortinas
abre el poeta del sol los monederos
talla el poeta su impaciencia oscura

comienza a nevar

copos de a cinco uncidos por el viento
cumpliendo su destino

maldice el anciano *mírate*
sonríe la dama *mírame*
acecha el poeta *mírales*

comienza a nevar
desde la cuna al nicho.

(En *Las razones del hombre delgado* 2021)

Une femme se regarde avec soin dans la glace
appuyé sur son banc un vieillard agonise
le poète cherche les syllabes précises

le poète cherche les syllabes précises
il commence à neiger et il est midi

il commence à neiger

une femme soupire et il est midi
une femme se tait quand elle répète
je suis maintenant celle qu'ils disaient

le grand maréchal de l'abandon agonise
il se tait sur son banc quand il dit
je n'ai pas été celui qu'ils voulaient

le poète cherche derrière les rideaux
le poète ouvre les bourses du soleil
le poète sculpte son obscure impatience

il commence à neiger

des quintes de flocons composées par le vent
accomplissant leur destin

un vieillard jure *regarde-toi*
la dame sourit *regarde-moi*
le poète guette *regarde-les*

il commence à neiger
du berceau à la tombe.

El anciano que ha perdido la paciencia
aparta la urgencia de los tubos

deja al neón que palidezca

y en su butaca escucha
voces que mecen su blablá

corros cotorras en edad de merecer
severas advertencias del jugador de golf

final en soledad
que anuncia un negro pozo

el anciano que bien dijo
morir a los veinte pido
ser eterno

limpia de su nariz la sonda
tensa su arcabuz para el disparo

morir a los veinte pido

y así cierra los ojos
que un día fueron suyos

alboroto capilar de los pulmones
rumor con viento

ser eterno.

(En *Las razones del hombre delgado* 2021)

Le vieillard qui a perdu patience
écarte l'urgence des tubes

il laisse pâlir le néon

et dans son fauteuil il écoute
des voix qui bercent son blabla

cercles de commères d'un âge respectable
sévères mises en garde du joueur de golf

final en solo
annonçant un puits noir

comme il a bien dit le vieillard
je veux mourir à vingt ans
être éternel

il arrache la sonde de son nez
tend son arquebuse pour tirer

je veux mourir à vingt ans

et c'est ainsi qu'il ferme les yeux
qui furent un jour les siens

branle-bas capillaire des poumons
rumeur avec vent

être éternel.

Y poco después
en un ritual falsamente alentador
ella se incorpora

un acercamiento podríamos decir
a cuanto fueron
casi tocando la inerte mano oscura

pero el cristal

movimiento de corto vuelo el suyo
pues nadie en sus cabales interrumpe
ese tránsito del alma

cuando cumplido el viaje
toca rendir cuentas a terceros
todos esperando con su hisopo

estoy aquí estoy aquí

estoy aquí estoy aquí
la inerte mano oscura.

(En *Las razones del hombre delgado* 2021)

Et peu après
dans un rituel faussement encourageant
elle s'incorpore

une approche pourrait-on dire
à tout ce qu'ils furent
touchant presque l'inerte main obscure

mais il y a la vitre

bref mouvement de vol que le sien
car personne ayant toute sa tête n'interrompt
ce transit de l'âme

quand le voyage est accompli
vient l'heure de rendre des comptes
tous attendant avec leur goupillon

je suis là je suis là

je suis là je suis là
l'inerte main obscure.

Sólo para mi muerte
esta nana muy al gusto del Gran Topo
turbio holgazán que hace de la sopa
lepra blanca

yo vengo de quien gusta
nacer en la saliva

leve como un sueño
limpio de afanes mi espinazo

piel en busca de otro traje
soy con el que fui mi cosa cierta
la vana profecía

y en noches de precisa soledad
dejándome pasar escucho
la quemazón del hueso cuando baila
su hondo malestar y su quebranto

vivo aquí
desabrochado el ceño
alcaraván con alzas
que reta a su contrario

aquí la tonta mueca
aquí su dedo impío
aquí la edad como una boca

de tal modo que lágrima y desdén
escriben con mi mano

y si desnudo nací desnudo sigo
a la espera de una cita con El Cuervo
para ocupar mi palco.

(En *Las razones del hombre delgado* 2021)

Seulement pour ma mort
cette berceuse qu'aime tant la Grande Taupe
torve fainéante qui transforme la soupe
en lèpre blanche

je viens de celui qui aime
naître dans la salive

léger comme un rêve
l'échine affranchie d'ambitions

peau à la recherche d'un autre costume
je suis avec celui que je fus vraiment moi
la vaine prophétie

et dans des nuits de solitude précise
j'écoute en me laissant passer
la brûlure de l'os quand il danse
son profond malaise et sa fragmentation

je vis ici
je ne fronce plus les sourcils
courlis de haut vol
qui défie son contraire

ici la stupide grimace
ici le doigt impie
ici l'âge comme une bouche

de sorte que larme et mépris
écrivent avec ma main

et si je suis né nu je continue de l'être
dans l'attente d'un rendez vous avec Le Corbeau
pour occuper ma loge.

L'AUTEUR

Nacido en Valencia (1947), **Rafael Soler** reside en Madrid, donde ha trabajado como profesor titular en la Universidad Politécnica. Tiene una intensa producción literaria, recibida como una de las más interesantes de la nueva literatura española, y que inició con las publicaciones de cuatro novelas. Es autor de dos libros de relatos premiados y seis libros de poesía. Su obra completa se ha publicado con el título « *Vivir es un asunto personal* ».

Rafael Soler participa en festivales y encuentros poéticos en Europa, Hispanoamérica y Asia. Libros suyos han sido publicados en Hungría, Japón, Italia, Estados Unidos y varios países de habla hispana. Desde mayo de 2015 es Vicepresidente 1.º de ACE, *Asociación Colegial de Escritores de España*.

Né à Valencia (1947), **Rafael Soler** réside à Madrid, où il a exercé comme professeur à l'Université Polytechnique. Sa très intéressante production littéraire est considérée comme l'une des plus importantes de la nouvelle littérature espagnole. Elle a commencé par la publication de quatre romans et s'est poursuivie par celle de deux recueils de nouvelles qui furent primés et de six recueils de poésie. Son œuvre poétique complète a paru sous le titre *Vivir es un asunto personal*, « Vivre est une affaire personnelle ».

Rafael Soler participe régulièrement à des festivals et rencontres poétiques en Europe, en Amérique latine et en Asie. Ses livres ont été publiés en Hongrie, au Japon, en Italie, aux États-Unis, et dans divers pays hispanophones. Il est, depuis mai 2015, premier vice-président de l'ACE, l'association collégiale des écrivains espagnols.

Premios / Prix littéraires

Premio Europa in Versi e in Prosa 2021 a la Trayectoria. Festival Europa in Versi. Como, Italia.
Premio de la Crítica Literaria Valenciana 2015 por el poemario "*Ácido almíbar*".
Premio Cáceres (novela), 1982.
Premio Ateneo de La Laguna (libro de relatos), 1980.
Premio Primera Bienal Ámbito Literario (novela), 1978.

Bibliografía / Bibliographie

Libros de poesía / Recueils de poésie

Vivir es un asunto personal. Poesía. 2021. Olé Libros. Colección Vuelta de Tuerca. N°10.
Las razones del hombre delgado. 2021. Col. Pared Contigua vol. 4. Nueva York Poetry Press.
No eres nadie hasta que te disparan. 2016. Ediciones Vitruvio. Tercera edición 2018.
Ácido almíbar. 2014. Ediciones Vitruvio. Segunda edición 2014.
Las cartas que debía. 2020. El Ángel Editor, Colección Pluma Quito, Ecuador.
Maneras de volver. 2009. Octava edición 2018, Ediciones Vitruvio.
Los sitios interiores (sonata urgente). 1980. Colección Adonais. Ed. Rialp.

Antologías / Anthologies

Demasiado cristal para esta piedra. Nueva York Poetry Press, Colección Piedra de la locura º16. 2022

Leer después de quemar. Olé Libros 2019. Colección Vuelta de Tuerca. N.º 3.

Pie de página (Antología). 2012 , n.º 150 de Els Plecs del Magnânim, V-2080-2012.

La vida en un puño (Antología). 2012. Editorial Servilibro y la Asociación Pistilli Miranda (Asunción, Paraguay) Depósito n.º 1328 / 98.

LES TRADUCTEURS

Desde hace unos veinte años, **Daría Rolland Pérez**, hispanista y escritora de origen español, autora de varios libros de poemas, de una novela, de una autobiografía novelada y de diversos textos en prosa, y **Jean Claude Rolland**, lingüista, especialista de lexicología y de lexicografía francesa y árabe, han – además de sus propias actividades – puesto en común sus competencias lingüísticas respectivas al servicio de la traducción al francés de autores españoles contemporáneos. Entre los autores y las obras traducidas, citemos :

Depuis une vingtaine d'années, **Daria Rolland-Pérez**, hispaniste et écrivain d'origine espagnole, auteur de plusieurs recueils de poésie, d'un roman, d'une autobiographie et de divers textes en prose, et **Jean-Claude Rolland**, linguiste, spécialiste de lexicologie et de lexicographie française et arabe, ont – en marge de leurs activités propres – mis en commun leurs compétences linguistiques respectives au service de la traduction vers le français d'auteurs espagnols contemporains. Parmi les auteurs et ouvrages traduits et publiés, outre le présent recueil, citons :

Francisca AGUIRRE, *Triste asombro / Triste étonnement* (anthologie poétique)
Eduardo ALONSO, *Milagro en las Hespérides / Miracle aux Hespérides* (nouvelle)
Ricardo BELLVESER, *Paradoja del éxito / Paradoxe du succès* (anthologie poétique)
Antonio CABRERA, *20 poemas, una selección / 20 poèmes choisis* (anth. poétique)
Guillermo CARNERO, *Sepulcros y jardines / Sépulcres et jardins* (anthologie poétique)
Miguel CATALÁN, *Bajo el umbral / À l'entrée* (nouvelle)
Pedro J. DE LA PEÑA, *El viaje / Le voyage* (anthologie poétique)
Antonio HERNANDEZ, *Mare nostrum* (1963-2003) (anthologie poétique)
Carlos MARZAL, *Algarabía / Brouhaha* (anthologie poétique)
Antonio PORPETTA, *De la memoria azul / Mémoire bleue* (anthologie poétique)
Tomás SEGOVIA, *Desnudeces / Nudités* (anthologie poétique)
Jenaro TALENS, *Lugares / Lieux* (anthologie poétique)
Miguel VEYRAT, *El cielo vacío / Le vide du ciel* (anthologie poétique)
Etc.

Table des matières

Ce livre a été imprimé
en France par **ICN**

Zone Industrielle des Saligues
98, rue Louis Rabier
64300 Orthez

05 59 69 77 80
icn@imprimerie-icn.fr